Flora, faça florir!

Copyright do texto © 2021 Janete Marques
Copyright das ilustrações © 2022 Silvana Fogaccia

Direção e curadoria	Fábia Alvim
Gestão comercial	Rochelle Mateika
Gestão editorial	Felipe Augusto Neves Silva
Diagramação	Isabella Silva Teixeira
Revisão	Mirna Olivetto

Dados Internacionais de Catalogação na Publicação (CIP) de acordo com ISBD

M357f   Marques, Janete

Flora, faça florir! / Janete Marques ; ilustrado por Silvana Fogaccia. - 2. ed. - São Paulo, SP : Saíra Editorial, 2022.
40 p. : il. ; 20cm x 25cm.

ISBN: 978-65-86236-50-7

1. Literatura infantil. 2. Vivência feminina afrobrasileira. I. Guazzelli. II. Título.

2022-1336   CDD 028.5
                                                     CDU 82-93

Elaborado por Vagner Rodolfo da Silva - CRB-8/9410

Índice para catálogo sistemático:

1. Literatura infantil 028.5

2. Literatura infantil 82-93

**Todos os direitos reservados à
Saíra Editorial
Rua Doutor Samuel Porto, 396
Vila da Saúde – 04054-010 – São Paulo, SP
Tel.: (11) 5594 0601 | (11) 9 5967 2453
www.sairaeditorial.com.br | editorial@sairaeditorial.com.br
Instagram: @sairaeditorial**

Texto
Janete Marques
Ilustrações
Silvana Fogaccia

Flora, faça florir!

2ª Edição

FLORA E SEUS SILÊNCIOS E SONS

Flora era feita de silêncios e sons.
Do lado de fora, Flora era silêncio.
Ora silenciava, ora era silenciada. Mas também era calmaria, brisa, chuvinha fina, cochicho, olhar que vivia a se esconder de outros olhares.
Do lado de dentro, Flora era sons.
Barulho, agitação, gritaria, interrogação, indignação, furacão, temporal, algazarra, festa, muvuca, música, dança, arte.

　Pelo mundo Flora caminhava com passos leves, olhar tímido, mas sempre atentos e observadores.
　Seu lar era seu mundo. Lá havia dois belos jardins. Um ficava no quintal e enchia a casa de perfume e beleza. O outro era feito do encanto das mulheres que com ela dividiam aquela morada. Cada uma tinha um sentir, um jeito de tocar, de amar, um cheiro, uma história, um caminhar.

Ayo

   Mamãe Ayo era uma dessas flores. Trazia a alegria no nome e no olhar, mas tinha o corpo moído da lida do dia a dia. Em alguns momentos, o cansaço parecia tristeza, mas só parecia mesmo. Flora já tinha visto o riso frouxo de Ayo e sabia quando ele aparecia por inteiro.
   – Mãe, passei de ano!
   – Consegui, mãe! Passei no vestibular!
   A conquista de suas meninas, além do contentamento, lhe trazia esperança. Esperança de "esperançar", de agir, de seguir a caminhada.

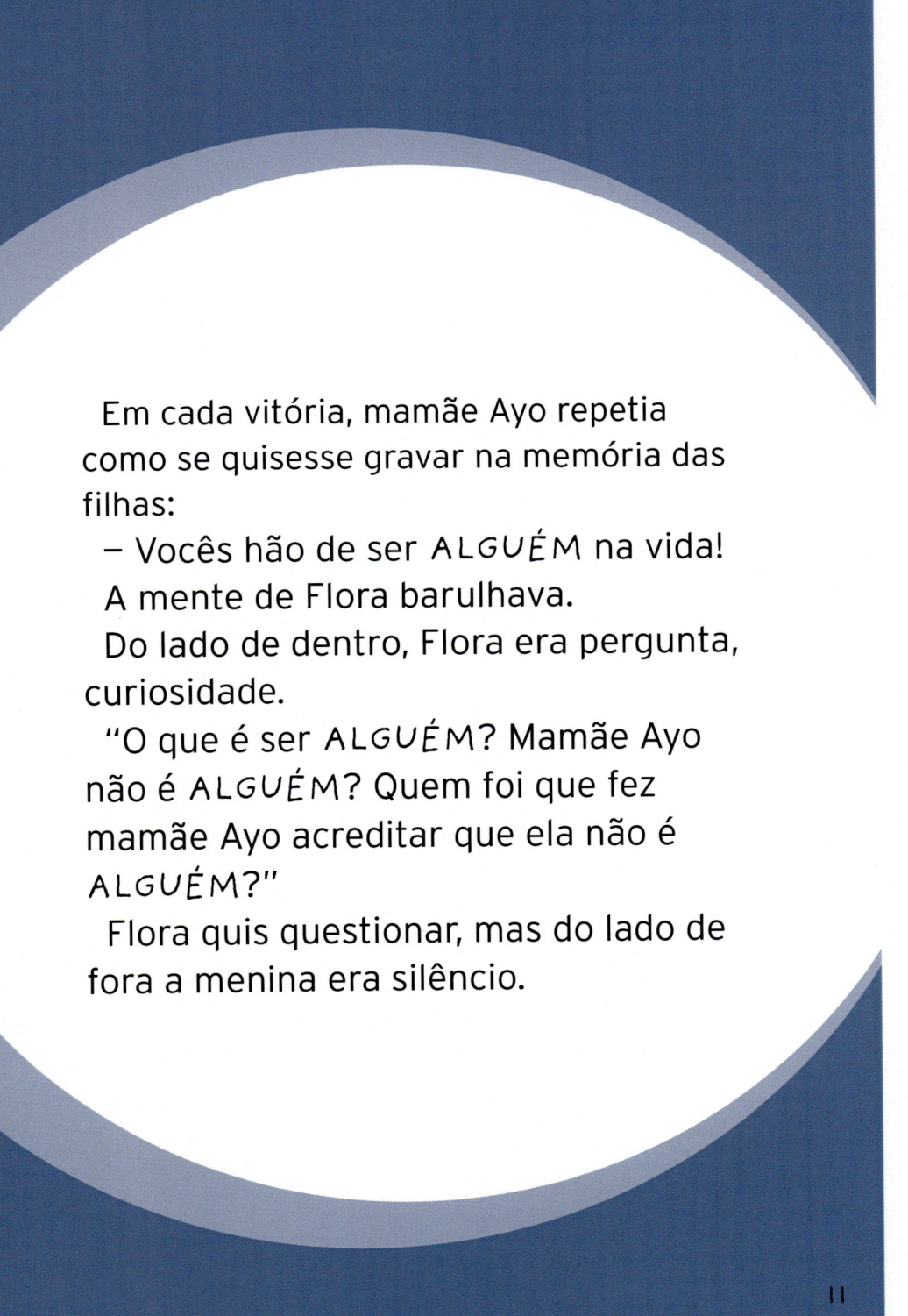

Em cada vitória, mamãe Ayo repetia como se quisesse gravar na memória das filhas:

– Vocês hão de ser ALGUÉM na vida!

A mente de Flora barulhava.

Do lado de dentro, Flora era pergunta, curiosidade.

"O que é ser ALGUÉM? Mamãe Ayo não é ALGUÉM? Quem foi que fez mamãe Ayo acreditar que ela não é ALGUÉM?"

Flora quis questionar, mas do lado de fora a menina era silêncio.

ZURI

Zuri tinha o dom de deixar tudo mais bonito. A beleza morava nela, mas não era só a beleza que os olhos veem. Era mais, muito mais: tinha os cabelos crespos que bailavam com o vento, o jeito de falar e o modo como movimentava o mundo com seu existir.

Quando Flora nasceu, já tinha tempo que Zuri sabia amarrar os cadarços e já começava a ir à escola sozinha. Mas a diferença de idade nunca foi motivo de distância; pelo contrário: elas eram mais que irmãs, eram amigas.

Zuri tinha querer. Queria transformar a vida das pessoas, queria sentir e proporcionar justiça, queria lutar, queria ter voz, dar voz... e foi estudar para ser advogada. A primeira da família, a primeira da comunidade. Só o seu querer já era transformador. E transformou...

Quando Zuri entrou em casa naquele dia, tinha apatia no olhar. Flora logo percebeu que havia algo estranho. Alguém tinha aconselhado que a futura advogada cuidasse dos cabelos.

A mente barulhante da menina queria entender. O cabelo de sua irmã era CUIDADO, lavado, hidratado, penteado, encrespado, cacheado e AMADO. O que tinha de errado? Nada. O CUIDADO que a irmã tinha de ter era com esse tipo de conselho.

Flora quis falar com a irmã, mas, do lado de fora, o silêncio se fazia.

ABAYOMI

   Os encontros com tia Abayomi eram sempre preciosos. Ela sempre chegava chegando, como gostava de dizer.
   Trazia histórias, livros, esperança, vozeirão, foco, coração, graça, vida. O tempo passava para tia Abayomi, mas ela seguia agarrada à leveza da infância. Dizia sempre que não tinha idade para encontrar conhecimento. Voltou à escola depois de grande e já se imaginava professora.

Mas, um dia, tia Abayomi não chegou chegando, como de costume. Ela sabia que "viver" e "encontrar" são palavras irmãs. Bons são os encontros felizes, mas nem todos são assim. A tia de Flora encontrou um aborrecimento no caminho. Foi contar sobre a alegria de poder sonhar e ouviu voz daninha dizendo que sua alegria era vontade de APARECER.

Do lado de dentro, Flora era surpresa, incerteza, dúvida, interrogação.

"Sonhar é APARECER? Por que os sonhos da tia não podem APARECER?"

Flora tinha aprendido na escola que o contrário de aparecer é desaparecer. Sonhos desaparecendo foi uma visão muito triste para a menina.

Flora pensou em dar voz à tristeza:

– Psiu! Quietinha! Agora não!

Sua voz não encontrou morada nos ouvidos presentes e ficou vagando pelo ar.

FLORA

Naquela manhã, Flora foi para a escola com a mochila cheia de livros e a cabeça cheia de pensamentos: mamãe Ayo, Zuri, tia Abayomi. Mas, assim que chegou à escola, a mente esvaziou-se.

A turma estava junta no pátio para jogar futebol. Ah! Flora amava! Uma de suas BRINCADEIRAS favoritas. Correu para chutar a bola, quando ouviu alguém gritando:

– Ô menina, vem pra cá. Isso é BRINCADEIRA de menino.

Foi então que percebeu que havia outra pessoa no lugar da professora. Nunca tinha escutado isso da pró (um apelido carinhoso para a professora). Ela sempre deixava cada uma brincar do que quisesse. Olhou e viu pela cara de poucas amigas que as outras meninas também tinham sido retiradas do jogo.

No começo, Flora achou que aquilo de BRINCADEIRA de menino só poderia ser uma BRINCADEIRA! Mas não era.

Ficou imaginando o mundo dividido entre BRINCADEIRA de menino e BRINCADEIRA de menina.

"Que coisa mais chata! Quem foi que inventou isso? Alguém que não sabe brincar, com certeza."

Na cabeça de Flora, só existia BRINCADEIRA de criança.

Por dentro, Flora era um vulcão em erupção, pronto para explodir. Pensou na vovó Ayana. Sim. Precisava de colo e de uma boa conversa. Com sua avó, não tinha lado de dentro ou lado de fora, nem silêncios ou sons. Com vovó Nana, Flora era inteira.

AYANA

   Vovó Ayana, Nana, a bela flor, era prosa boa, abraço de corpo inteiro, dengo, cafuné, doçura e firmeza nas palavras, poesia, fé, paciência, sabedoria. Ayana era a guardiã das memórias de seu povo, de sua comunidade, de sua família. Contava histórias de outros tempos que davam sentido ao presente e esperança por um futuro.

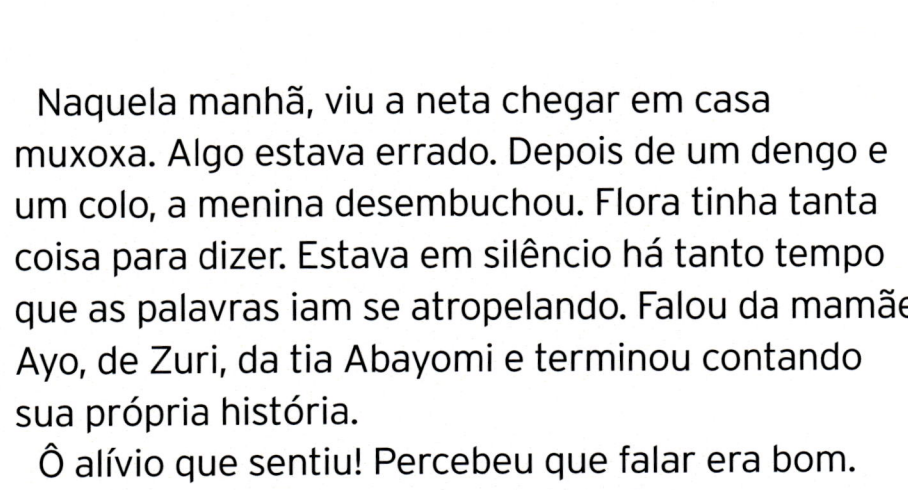

Naquela manhã, viu a neta chegar em casa muxoxa. Algo estava errado. Depois de um dengo e um colo, a menina desembuchou. Flora tinha tanta coisa para dizer. Estava em silêncio há tanto tempo que as palavras iam se atropelando. Falou da mamãe Ayo, de Zuri, da tia Abayomi e terminou contando sua própria história.

Ô alívio que sentiu! Percebeu que falar era bom. Vó Nana ouviu tudo com paciência. O que seria dos contadores de histórias sem ouvidos de sentir?

A avó procurou os olhos da neta e disse:
— Flora, é preciso transformar o SILÊNCIO em SONS. E os SONS em AÇÃO.

Na quietude daquele momento, Flora pôde buscar por respostas dentro de si. Ah! Quietude é quando o SILÊNCIO abraça a paz.

E vovó Nana continuou:
— FLORA, FAÇA FLORIR!

A menina agradeceu pela escuta cheia de amor e pelos bons conselhos. Já sabia o que fazer.

FLORA, FAÇA FLORIR!

Compartilhou o plano com a avó, que amou e resolveu ajudar. Com papel e caneta, anotou tudo aquilo de que precisava: papel, giz de cera, lápis de cor, caneta, tesoura e cesta, que a vovó Nana emprestou. Colocaram a mão na massa.

A menina fez vários cartões. E, agora: o que escrever? A avó aconselhou:

— Escolha palavras que abraçam e acarinham o coração.

Recadinhos prontos. Naquele dia, Flora conheceu algumas palavras novas que sabia que iriam acompanhá-la ao longo da vida. Vovó Ayana explicava com sua doce sabedoria:

— EMPATIA é quando se pede o coração de outra pessoa emprestado e se deixa o próprio de lado; assim, passa-se a sentir com o coração do outro.

— SORORIDADE é quando as mulheres percebem que não são inimigas, mas irmãs que se cuidam e protegem.

— ANCESTRALIDADE é a herança de nossos antepassados. Nossa vida não começa no dia de nosso nascimento, mas com as histórias dos que vieram antes de nós.

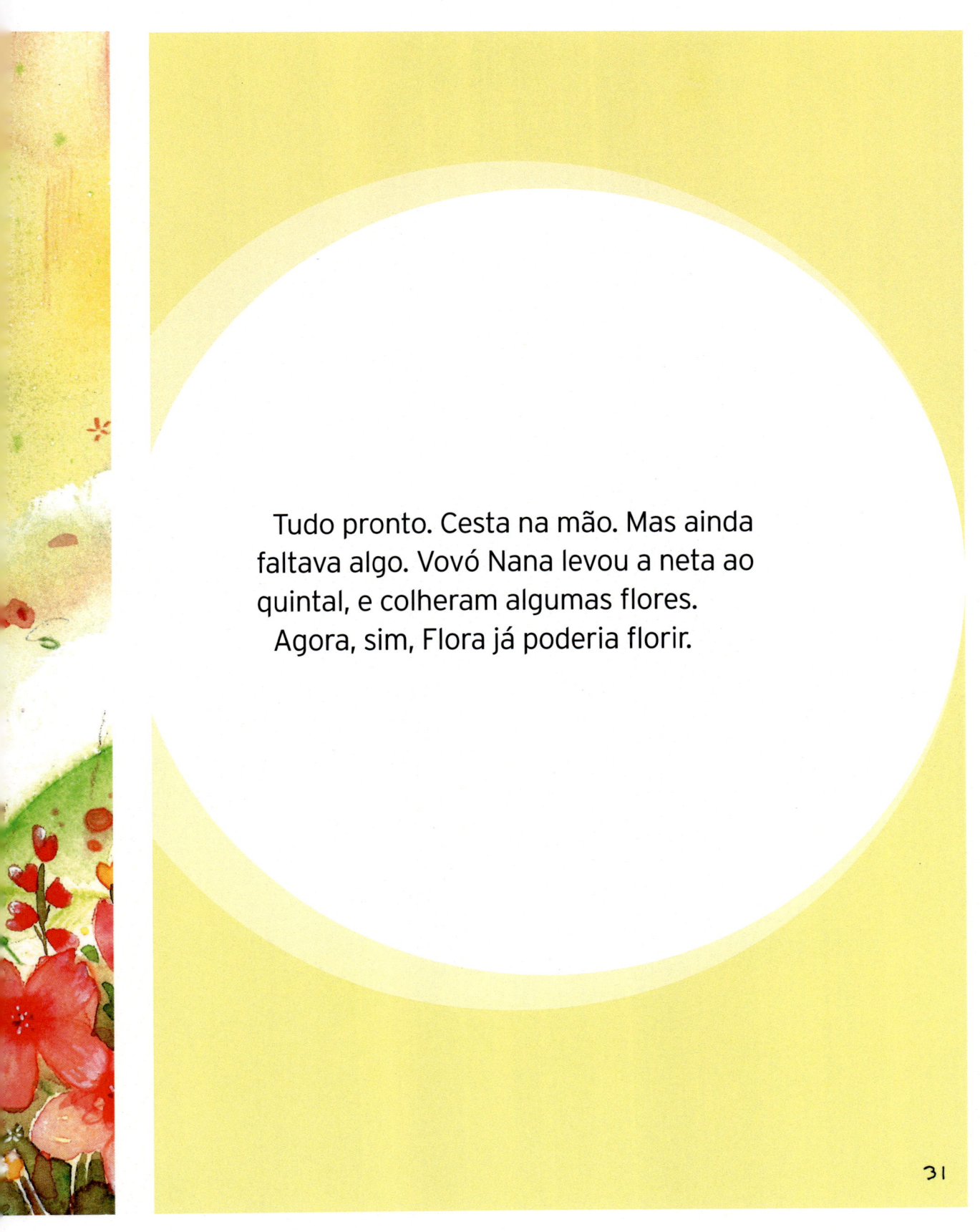

Tudo pronto. Cesta na mão. Mas ainda faltava algo. Vovó Nana levou a neta ao quintal, e colheram algumas flores. Agora, sim, Flora já poderia florir.

E, assim, Flora floriu e fez florir. Sua mensagem chegou ao coração de Ayo, que resolveu andar de mãos dadas com a alegria. Alcançou Zuri, que nunca mais permitiu que alguém abalasse a beleza e a potência de seus cabelos crespos e de todo o seu existir. Abayomi também foi tocada e sabia que ainda teria muitos encontros bons na vida: um deles com o conhecimento. Ayana também encontrou sua flor e sentiu gratidão por tanto amor.

    Flora encontrou um jeito todo especial de ecoar a própria voz e fazer florir dentro e fora de si. A cada flor dada, seu coração ficava mais florido. Observou seu jardim feito do encanto daquelas mulheres que ela tanto amava e pensou que fora de seu lar, de seu mundo, também poderia haver outras flores querendo florir.

    Sim, era preciso continuar florindo.

FAÇA FLORIR VOCÊ TAMBÉM!

Flora, a personagem desta história, encontrou um jeito todo especial de ecoar a própria voz e fazer florir. Como você pode florir? Escreva ou desenhe formas de florir.

A cada mensagem recebida, as mulheres da família de Flora floresciam. Que tal enviar mensagens para alguém que você ama e ajudar essa pessoa a florescer também?

SIGNIFICADOS DOS NOMES

AYO:
alegria.

ZURI:
bonita.

ABAYOMI:
encontro precioso; encontro feliz.

AYANA:
bela flor.

SOBRE A AUTORA

Janete Marques, mulher, negra, mãe de duas, contadora de histórias, historiadora, feminista, escritora, educadora. Nasceu em São Paulo, mas há vinte anos escolheu a Bahia para chamar de lar e mora numa das cidades do Recôncavo Baiano, lugar de muitas histórias que, vez ou outra, aparece nos versos de Caetano. Assim como Flora, também está aprendendo a romper silêncios. Escrever e contar histórias são as formas que encontrou para florir.

Instagram: @janete.marques.historias

SOBRE A ILUSTRADORA

Silvana Carreira Fogaccia nasceu em São Paulo, em 2002. Apaixonada pela arte desde seu primeiro aninho de vida, quando ganhou seu primeiro kit de lápis de cor de sua irmãzinha recém-nascida, cresceu passando as tardes na casa de sua avó, que a ensinou a pintar, a desenhar, a esculpir e, principalmente, a criar. Em 2020, decidiu largar a faculdade de Matemática para se jogar de cabeça no mundo das artes e descobriu seu grande amor pela ilustração. Hoje, estuda Artes Visuais na Universidade de São Paulo e se aventura no universo da ilustração infantil.

Esta obra foi composta em Interstate e impressa em offset sobre papel couché fosco 150 g/m² para a Saíra Editorial em 2022